LES

CIGARETTES

SONNETS EN L'AIR

PAR

AUGUSTE BALUFFE

(2e SÉRIE)

AVIGNON
J. ROUMANILLE, LIBRAIRE-ÉDITEUR
19, St-Agricol, 19

M DCCC LXXIV

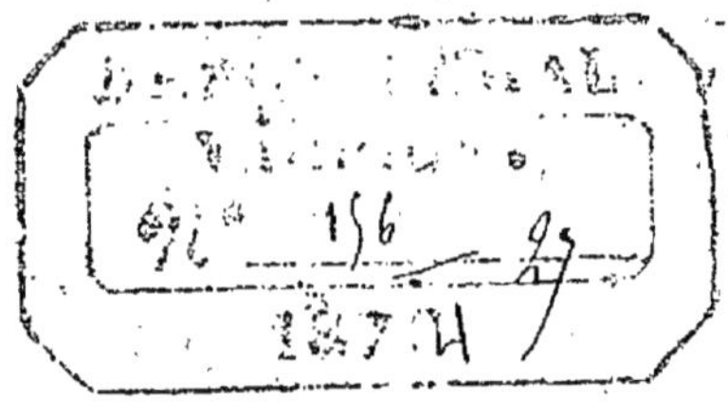

LES

CIGARETTES

AVIGNON. — TYP. F. SEGUIN AINÉ, RUE BOUQUERIE, 13

Tous les exemplaires, au nombre de 150, sont numérotés.

N°

LES

CIGARETTES

SONNETS EN L'AIR

PAR

AUGUSTE BALUFFE

(2e SÉRIE)

AVIGNON

J. ROUMANILLE, LIBRAIRE-ÉDITEUR

19, St-Agricol, 19

M DCCC LXXIV

A J. Roumanille,
hommage respectueux de l'auteur.

A. B.

LES

CIGARETTES

I

L'ESPÉRANCE

Comme un noir océan où toute chose sombre,
Ce siècle fait gronder ses grands flots écumants.
Matelot emporté par l'orage, dans l'ombre,
J'erre, toujours en proie à ses déchaînements.

C'est en vain que j'ai dit mes angoisses sans nombre,
C'est en vain que j'ai dit mes intimes tourments :
Comme l'arche voguant sur la mer, mon cœur sombre
Accomplit ses destins sous les cieux incléments.

Mais le rêve parfois vient calmer ma souffrance.
Mon âme alors s'ouvrant peut dire à l'espérance,
Comme Noé disait à la colombe un jour :

— « Va par-delà les flots, ma colombe fidèle !
« Vole, et des pays bleus où Dieu même t'appelle,
« Rapporte-moi la paix, rapporte-moi l'amour ! »

Mai 1869.

II

UN HOMME

Au triomphe du Bien il avait consacré
Sa parole et son bras ; lutteur ferme et robuste,
Il avait combattu pour le Vrai, pour le Juste,
Pour la Liberté sainte et pour le Droit sacré.

Depuis que de l'arène il s'était retiré,
La fureur des partis se lassait d'être injuste
Envers ce beau vieillard, dont le front vénéré
Portait de cheveux blancs une couronne auguste.

Comme il sied à qui fut par les ans seuls vaincu,
Il avait la fierté calme d'avoir vécu
Au grand jour et debout, sans indigne faiblesse ;

Et le peuple, admirant sa sereine beauté,
Sacrait de son respect cette autre royauté
Que la gloire faisait à sa noble vieillesse !

Mai 1874.

III

SAGESSE

Loin des ambitions dont la foule est saisie,
Accordant sagement le cœur et la raison,
Vous goûtez cette paix que l'épouse choisie
Comme un parfum du ciel répand dans la maison.

O charme du foyer ! jamais la fantaisie
N'égara vos pensers par-delà l'horizon :
Au sein de la famille — elle a sa poésie ! —
Vous trouvez le bonheur, fruit de toute saison.

Accomplissant le bien comme un autre le rêve,
Vous voulez que nul jour de vos jours ne s'achève
Sans être utile aux bons, sans plaindre les méchants ;

Et, donnant au travail, au devoir votre vie,
On ne voit pas plus naître en votre âme l'envie
Que la ronce parmi les blés d'or de vos champs.

Juillet 1868.

IV

JOLI MINOIS

Ce n'est encor qu'une fillette
Blonde comme un fruit savoureux ;
Mais déjà ses yeux langoureux
Ont fait tourner plus d'une tête.

L'espiègle et piquante coquette
Laisse croire aux beaux amoureux
Qu'elle est jolie exprès pour eux,
Et que c'est pour eux qu'elle est faite.

Elle veut bien les écouter,
Et n'a point l'air de redouter
Qu'ils disent que sa joue est fraîche,

Fraîche et rose comme une pêche ;
Mais quand ils parlent d'y goûter,
C'est elle qui les en empêche !...

V

PREMIER TROUBLE

O vierge, ô fleur de mai sous un rayon éclose,
O blonde enfant si chère à tes parents, à Dieu,
Quelle peine as-tu donc ? Ton visage est moins rose,
Un nuage a voilé l'azur de ton œil bleu.

De tout, auprès de toi, ta volonté dispose ;
Sans qu'il fût exaucé, formas-tu quelque vœu ?...
Tu rougis... Ton chagrin, ne m'en dis plus la cause,
J'épargne à ta candeur l'embarras d'un aveu.

Va, ce n'est pas un crime, après tout, d'être femme.
Le printemps donne, ouvrant la fleur et la beauté,
Son parfum à la rose et son amour à l'âme...

Tu rougis : ne crains rien. — L'Ange qu'à ton côté
Dieu fait veiller les nuits, lorsque ton cœur soupire,
Sourit à ton secret et ne doit pas le dire.

Mai 1873.

VI

NUIT DE NOEL

Les croyances encor revivent parmi nous ;
Le monde reconnaît du Christ la loi céleste
Et garde sa parole en l'aimant : j'en atteste
Ces fidèles qu'on voit aux temples à genoux.

Mais ce soir, de ses droits au blasphème jaloux,
Plus d'un libre-penseur, dont la raison proteste
Contre la piété des cœurs où la foi reste,
Vous répète, ô chrétiens, en se moquant de vous :

— « Priez bien, jeûnez bien, pendant qu'à nos débauches,
« Où le champagne d'or coule au son de vos cloches,
« Nous trouvons une étrange et suprême saveur !

« Laissez-nous cette joie, aux dévots défendue,
« De passer dans les bras d'une fille perdue
« Cette nuit solennelle où naît le Dieu Sauveur ! »

24-25 décembre 1872.

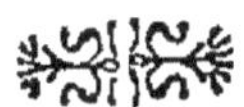

VII

SOLITUDE

Lorsque l'étoile blonde en souriant se penche
Au bleu balcon du ciel, et que le vent du soir
Comme un vert éventail agite chaque branche,
Et balance la fleur comme un frais encensoir ;

A l'heure où la clarté qu'aux bois la lune épanche,
En flottant mollement dans le feuillage noir
L'emplit pour le rêveur d'une vision blanche, —
Dans la forêt muette alors je vais m'asseoir.

Au sein des grands rameaux qui se courbent en voûte,
Le chantre ailé des nuits prélude, et je l'écoute,
Et son hymne d'amour enchante mon exil.

Mais, dans la solitude où mon âme est bercée,
Le silence éveillant un doute en ma pensée,
Je dis : « L'écho d'un cœur à ses chants répond-il ? »

Mai 1866.

VIII

GRISETTE

Et pourquoi pas ? — Un blanc petit bonnet
Comme un oiseau reposait sur sa tête ;
De blonds cheveux son front se couronnait ;
Elle était jeune, et jolie, et coquette.

Folle de joie, elle s'abandonnait
A sa gaîté, car elle semblait faite
Pour rire un brin ; et son regard donnait
Du cœur à ceux que l'innocence arrête.

Un jour quelqu'un vit briller son œil bleu :
Prenant au mot cet agaçant aveu,
Il s'empressa de voler auprès d'elle...

L'histoire dit qu'alors on s'adora
Longtemps — une heure ! — Elle fut infidèle,
— Et pourquoi pas ? — au mari qu'elle aura !

Juillet 1866.

IX

A MA VOISINE

On m'a dit qu'une fée un jour vous fit présent
D'une aiguille magique, et depuis lors, voisine,
Vous brodez à ravir, et le fil complaisant
Sous vos doigts fins et blancs fait une œuvre divine.

Vous chantez, vous riez, ô blonde enfant mutine !
Vous avez l'humeur gaie et le parler plaisant ;
Vous possédez un charme, et je crois qu'en causant
Vous sauriez dérider l'âme la plus chagrine.

Eh bien ! causons. Pourquoi toujours travaillez-vous ?
Le bois est embaumé des frais parfums qu'exhale
Avril en fleurs : venez ! Le travail vous rend pâle.

Soignez votre beauté dont je deviens jaloux ;
Et si vous ne savez où planter votre aiguille,
Pour pelote prenez... mon cœur, ô jeune fille !

Avril 1867.

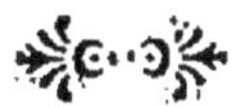

X

BOUDERIE

Vous vous fâchez — et pourquoi — sans retour ?
Qu'ai-je donc fait pour être sans excuse ?
Qu'ai-je donc fait pour que même on refuse
De m'expliquer mon crime sans détour ?

Ma conscience en est toute confuse :
Suis-je resté sans vous aimer un jour ?
Ou bien, Madame, est-il vrai qu'on m'accuse
D'avoir pour vous justement trop d'amour ?

Votre beauté de mon cœur fut complice :
Si pour cela je mérite un supplice,
Ah ! tout au moins laissez-le-moi choisir !

Soit : mon amour est une erreur coupable ;
De l'expier la mort seule est capable...
Embrasse-moi : je mourrai... de plaisir !

Juillet 1866.

XI

LA VEUVE

C'était une humble femme en deuil, et qui n'avait
Depuis longtemps, hélas ! pour toute joie au monde
Que de voir ses enfants, troupe charmante et blonde,
Croître dans le respect du Dieu qu'elle servait.

Elle avait été veuve à trente ans et savait
Des longs isolements la tristesse profonde ;
Mais l'austère douleur aux âmes est féconde,
— Et la vertu vint vite aux fils qu'elle élevait.

Le jour qu'elle put voir ses enfants grands près d'elle,
Son cœur au cher défunt resté toujours fidèle,
Mais devant leur sourire oubliant son ennui,

Disait : « De mon absent le deuil en moi s'efface.
« Seigneur, vous voulez donc que leur amour me fasse
« Heureuse, et cependant heureuse, hélas ! sans lui ? »

Mai 1874.

XII

A NIMES

O Nîmes, ce n'est pas ta gigantesque arène
Où l'esclave mourait en saluant César,
Où, les flancs déchirés par un lion hagard,
Les chrétiens attestaient la conscience humaine ;

Ce n'est pas ta Tour Magne, antique et souveraine,
D'où l'horizon immense est ouvert au regard ;
Ni ton Palais Carré, ni ta blanche Fontaine,
Dans leur noble beauté portant le sceau de l'Art ;

— Non, ce n'est pas cela que j'aime en ton histoire.
Ce que j'aime le plus, ô Nîmes, pour ta gloire,
L'œuvre chère à mon cœur et chère à ma raison,

Pour ton vain ornement elle ne fut point faite : —
C'est dans une humble rue une simple maison
Où naquit Jean Reboul, ton boulanger-poëte !

Novembre 1869.

XIII

LA PETITE MENDIANTE

Oh ! la pauvrette ! — Maladive,
Toute maigre et pâle de faim,
Dans la rue elle tend la main...
— Donnez, passant, pour qu'elle vive !

Oh ! la pauvrette ! — Elle est pensive,
Étant sans asile et sans pain,
Elle se dit : « L'hiver arrive ;
« Que vais-je devenir demain ? »

Oh ! la pauvrette ! — Son visage
N'a plus la gaîté de son âge
Où l'enfant veut rire et courir.

Oh ! la pauvrette ! — Elle est touchante
Quand, les yeux en pleurs, elle chante,
Cigale, hélas ! qui va mourir !

1873.

XIV

INNOCENCE

A M. Amy, statuaire

Le jeune lis qui vient d'éclore
Est moins blanc que son front si pur ;
Le ciel bleu n'est pas à l'aurore
Plus serein que ses yeux d'azur.

O candeur de l'ange ! elle ignore
Que le destin est âpre et dur,
Et nul chagrin n'a mis encore
Sur ses jours un nuage obscur.

L'enfant naïve est dans ce monde
Comme un cygne qui dort sur l'onde
Sans regarder au fond des eaux ;

On dirait que son âme franche
Repose, elle aussi, sur la branche,
Où le vent berce les oiseaux.

Novembre 1871.

XV

LA DRUIDESSE

La tunique à demi défaite, les bras nus,
Laissant couler à flots sa chevelure rousse,
Elle est au fond du bois, dans l'ombre, sur la mousse,
L'œil fixe, regardant des lointains inconnus.

Pâle, sombre, elle est là, car les temps sont venus
Où la vierge maudit ses vœux et les repousse ;
Et ses flancs révoltés par l'instinct qui les pousse
Sont en proie aux désirs fiévreux — trop contenus !

— On a mis sur son front la couronne de chêne ;
Son culte lui défend toute tendresse humaine :
Nul ne doit l'appeler son amante ou sa sœur ;

Et d'un cruel devoir morne et fatale esclave,
Elle en meurt avec un sourire amer et grave, —
Aimant, et d'être aimée ignorant la douceur !

Juin 1870.

XVI

LES SŒURS DE CHARITÉ

Simples et douces à toute heure,
Ces vierges de la charité,
Pour consoler l'homme qui pleure,
Passent dans ce monde agité.

Elles savent que leur demeure
Est dans la céleste cité ;
Elles y vont..., et rien n'effleure
Ici-bas leur sérénité.

Par leur chaste et blanche figure
Que l'amour de Dieu rend plus pure,
La vertu même s'embellit;

Et leur âme est comme l'étoile
Qui, le jour, à la terre voile
L'œuvre qu'aux cieux elle accomplit.

Mai 1870.

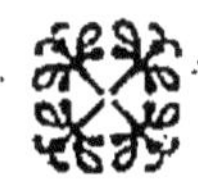

XVII

FAIT DIVERS

Eh bien ! que manquait-il au bonheur de cet homme ?
Il était cousu d'or et s'était dispensé
D'avoir une famille, étant bien aise, en somme,
Qu'argent ni cœur, chez lui, rien ne fût dépensé.

Il vivait gravement ; nul fol et vain fantôme
Ne hanta ce cerveau qui n'a jamais pensé.
Était-il vertueux ? Dieu seul doit savoir comme,
Lui qui de tant de biens l'avait récompensé !

Vieux garçon retiré dans sa morne opulence,
Aucun bruit de son nom ne rompait le silence
Auquel sur lui le monde était habitué, —

Quand nous avons appris que, dans la nuit dernière,
Cet homme sérieux et riche s'est tué —
Désespéré d'amour... pour une cuisinière !

Mai 1874.

XVIII

AMOUR PLATONIQUE

Oh ! je renonce à posséder
Ta beauté blanche comme un cygne.
Non, tu ne peux pas m'accorder
Un trésor dont je suis indigne.

Mais dans l'ombre où je me résigne,
Un soir tu daignas regarder.
Tu me fis cet honneur insigne :
Je n'osais pas tant demander !

— J'ai là du bonheur pour la vie.
C'est assez. Mon âme ravie
N'aspire à plus rien ici-bas ;

Car je dois t'aimer sans attendre
De voir vers moi tes bras se tendre...
Vénus de Milo n'en a pas !

Août 1873.

XIX

A ELLE

O ma Muse ! o vierge bénie !
Quand à mes côtés vous passez,
Dans mon cœur triste vous versez
De l'amour l'extase infinie.

A votre insu vous me bercez
De votre ineffable harmonie.
O douceur à la grâce unie,
De quelle paix vous m'emplissez !

Vierge, enfant par la beauté femme,
A mon cœur la fleur de votre âme
Par son parfum trahit son miel ;

Et dans l'azur de votre aurore,
Au premier rayon qui le dore,
Mon rêve en chantant monte au ciel !

1870.

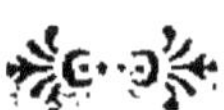

XX

FIDÉLITÉ

Arbres de la forêt, vous connaissez mon âme !
VICTOR HUGO.

Arbres ! écoutez, mes amis :
Pour vous je n'ai pas de mystère ;
Mon cœur n'aura pas sur la terre
Le bonheur qui lui fut promis.

Non, l'espoir ne m'est plus permis ;
Mais je garderai, solitaire,
Mon amour pur que rien n'altère ;
Mon cœur reste où je l'avais mis.

De ma loyauté je proteste,
Et je veux que ma vie atteste
Ma fidélité sans espoir ;

Pour qu'ensemble nous parlions d'elle,
Seul, à chaque saison nouvelle,
O bois, je viendrai vous revoir !

21 Mars 187...

XXI

OUBLI

Si le hasard voulait que ce livre parvienne
Jusqu'à toi, je t'en prie, ô pâle et chère enfant,
De grâce ! ne crois pas que le poëte vienne
Réveiller un passé que le secret défend.

Hélas ! il ne faut pas que l'exilé revienne
Au foyer dont il garde un regret étouffant !
Hélas ! il ne faut pas qu'au sein des cieux qu'il fend
L'oiseau du nid quitté dans ses chants se souvienne !

Je respecte l'oubli par toi-même cherché ;
Que le passé se taise en ton âme caché
Comme l'écho muet dans la forêt profonde !

Non, mes vers n'iront point troubler de leur chanson
La place où fut jadis le nid dans le buisson, —
De peur qu'à mon amour ton âme ne réponde !

Mars 187...

XXII

ENNUI

A M. Émile Blémont

D'un nouveau printemps (Dieu m'assiste !)
Le règne au bois est promulgué
Par les oiseaux ; Avril, fleuriste,
En son honneur a prodigué

Les arcs de verdure ; — et j'assiste
A ce spectacle qu'on dit gai,
Le front morose et l'âme triste : —
Des printemps je suis fatigué !

La chose en devient écœurante !
J'en ai vu vingt, j'en ai vu trente
De vos printemps comme cela !...

— Fleurs, oiseaux, je sais votre histoire,
Je connais votre répertoire : —
Que venez-vous me chanter là ?

Avril 1874.

XXIII

LES POËTES ÉLÉGIAQUES

Ces poëtes ! toujours ils ont eu des malheurs !
Le destin leur en veut, sans cesse il les tourmente :
C'est navrant ! Leur pauvre âme en saigne et se lamente,
Et leur front est marqué de fatales pâleurs.

Voyez ! à chaque pas leur peine amère augmente ;
Tout est matière à larme et cause de douleurs...
O femme trop aimée ! ô fortune inclémente !
Vous leur en faites voir de toutes les couleurs !

— Ils sont désespérés et font des élégies.
En vers, ayant de pleurs les paupières rougies,
Ils accusent le sort... — Ah ! quels que soient leurs maux,

Ne pourraient-ils donc pas, dans les temps où nous sommes,
Tous ces saules pleureurs penchés sous leurs rameaux,
Larmoyant un peu moins, être un peu plus des hommes ?

14 Avril 1874.

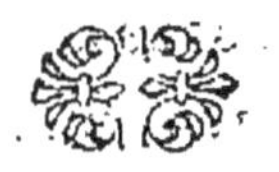

XXIV

APRÈS LA DÉFAITE

D'où vient ce sombre ennui qui maintenant t'oppresse,
O poëte, naguère exalté tour à tour
Par les joyeux plaisirs de la folle jeunesse
Et par l'enivrement du rêve et de l'amour?

A ses appels divers la Muse enchanteresse
Te trouve maintenant indifférent et sourd ;
Toi qui ne vivais pas sans la voir un seul jour,
Quel dégoût de tes bras repousse ta maîtresse?

Poëte hier croyant, par le doute envahi,
Dans le tourment muet d'un grand amour trahi,
Espères-tu mourir de ta blessure amère ?...

— Laissez-moi. D'autres soins mon cœur est assailli...
O ma France vaincue ! ô Patrie ! ô ma Mère !
Quand, pour voir ton triomphe, aurai-je assez vieilli ?

Mars 1871.

XXV

LA HAINE SAINTE

Puisqu'ils n'ont respecté dans leur sauvage orgueil
Ni le foyer sacré, ni l'autel, ni la tombe ;
Puisqu'ils n'ont respecté ni l'enfant, ni l'aïeul,
Ni la vierge innocente ainsi que la colombe ; —

Eh bien ! au nom des morts insultés au cercueil,
Au nom de cette France auguste qui succombe,
Au nom des pleurs versés par nos mères en deuil, —
Que tout ce qu'ils ont fait sur leur tête retombe !

Nous ne lèguerons pas au lointain avenir
Le soin de nous venger, le droit de les punir :
Ils n'ont pas étouffé la conscience humaine ;

Et, pour hâter enfin la vengeance prochaine,
Gardant de leurs forfaits le brûlant souvenir,
Nos Muses se feront des Vestales de haine !

Février 1871.

TABLE

www.ingramcontent.com/pod-product-compliance
Lightning Source LLC
LaVergne TN
LVHW010622110826
845149LV00003B/1018

9782011259325